冬箫,本名邱东晓。中国诗歌学会会员,浙江省作家协会会员。曾获《诗潮》杂志社"2007年度·中国诗潮奖",《中国诗歌》杂志"2011年中国网络十佳诗人"。在《上海文学》《北京文学》《诗刊》等发表诗作。曾入选《年度诗歌精选》《年度最佳诗歌选》等权威选本。现居浙江海宁。

江南的墨记

冬箫 著

线装书局

目　录

墨 痕

- 003　那时，我胡乱的思维
- 005　在我的火焰里
- 007　心情
- 009　下雨了
- 010　其实所谓的死……
- 012　裂开的时间
- 014　这样一个女人
- 016　图像
- 018　影子
- 021　太阳
- 022　在异乡
- 024　兰花
- 025　回声
- 027　那样的光让耳根发凉
- 029　今年初春的脾气
- 030　喘息

032	巷
034	窗内窗外
036	游戏
037	离别
038	时光的等待
039	远方
040	爱
042	风吹着时间
044	独擎
046	空手道

墨 点

049	纸上看到的女人
051	想你躺着的时候
052	土地
054	背影
055	儿子的歌

056	心中的天堂
058	小桥
060	日全食
062	我,被种植在旷野上
064	今天,一根木屑刺进了她的手指
065	温暖
067	看见之后
068	美人靠
069	树
071	重量
073	雪花
075	水声
076	黑色的时刻
078	遇见一尊大佛在看着我
079	土豆
081	火焰
083	恨也是一种爱

085　桃花

087　我的泪

089　兽性

091　阳光（一）

093　阳光（二）

095　午后

096　黄昏

097　身体里的树

099　屋

101　矿井

103　村落

105　歪脖子树

墨 迹

109　中年之前的碎片

111　光阴

113　我是鱼

115	大地是最干净的
117	如今的江南雨不再润滑
119	一个人的春节
120	爱上
122	爱人
123	想象的春天
124	沉浸
126	消失
128	月亮停止
129	一生
131	信仰
133	逃跑
135	干旱
137	退路
138	想象的长夜
143	肉体,请记住
145	多年来

146	存在
147	我把指尖的忧伤看成想象
149	风景
151	江南的水
153	云
156	抒情时代
158	我走出屋外,又想起了那个人
160	爱安(Aeon)
163	白夜
165	原罪
167	犹豫
169	童年记
171	纸上故乡
173	二分之一
175	身体里有过……
177	阵雨

墨痕

那时,我胡乱的思维

月光很亮很亮照着白雪
我很深很深地坐在黑色的老藤椅上
想纷乱的情节

我想着:一盏被熄灭的灯,在我的左边
一摞凌乱的书刊,在我的右边
头顶
空空如也
脚下的黑暗中,褪了色的地毯方方正正

还有背后
一架落地钟咔咔作响
那声音是在一笔一划镂刻着时间
和我的脑纹

这时,我很想来点红葡萄酒

兑着月光

慢慢融化自己

然后,安放在面前的书桌上

保持一刻的静谧

在我的火焰里

在我的火焰里
你常常自娱，或者
把自己拆开。让过去的时间
一点点脆弱的情感百合
暴露在沸腾的红色中

火焰赤裸
像一头饿狼
发出前所未有的嗥叫
它在垂死，在为一朵不曾开放的
百合而哀鸣——

以前的以前
脆弱只是身体的痹症

简单的亲吻不能驱散暗藏的阴影
而现在
火的舌头正在诞生
在为你的快乐而逐渐死去
它血一般的肉体正在四散
它无辜的精神已经迷离
而它的眼睛
正牢牢注视着你
不断发出黎明的星光

心情

借助一瓶烈酒

我丈量到烦恼有九两

从一两开始的孤独

我是有底气的。那是离家的孤独

第二两的时候

是荒芜

第三两空虚

第四两有点淡忘

第五两就是缥缈

第六两,我哭了

第七两我真的感觉凄凉

第八两,我觉得自己爬在悬崖之上

第九两的时候

底气溢出了喉咙

九两之后，我酩酊大醉

我是自己把自己搞到了这样孤独的高度

下雨了

下雨了,很多潮湿的脚步声
从我心底跑出来
站在雨里,湿了又湿

我知道它们的情绪
有一点点的小抱怨

但那么多人也在跑
难道都有抱怨?

其实所谓的死……

其实所谓的死,只是
风吹过,花谢了
在春天万花盛开的季节
这样的死
和时辰无关,和生活无关

只是,在死之前
必须清理我的胃,把里面装着的
破碎的灯盏和孤独的失眠
一起清理

同时,我
还要修理身体里的废墟部分
甚至只是未来可能的废墟

——以自己微生物的特征、经验
并原谅它们的颓废

当然,此刻我不需要赞美
我只是和野草、蚯蚓和泥土一起生长
而且,这样的生长是缓慢的甚至滞后的

此刻,阳光艳得睁不开眼睛
我已经很虚弱,或许就会化为虚无
但我
还得整理一下衣领
把我花瓣的身体挺立在大地上

裂开的时间

裂开的时间总是那么贪婪
慢慢挪动的光阴漏进去了
冒烟的手指漏进去了
光洁的皮肤漏进去了
我与她的爱也漏进去了

它自己呢?
在裂缝边缘
看着迅速漏进去的东西
陌生的和熟悉的
都不在乎
只是看着掉下去的东西
在里面、嗷叫、懊悔或者
拼命往上爬

它没有显示一点的同情

更没有施以援手

它只是

得意洋洋。因为它

有肆意挥霍的权利

这样一个女人

这样一个女人站在面前
她想什么,不打紧

她抚弄飘飘长发
或者弓身整理黑色的丝袜
都不打紧

她冲着一辆豪车笑容灿烂
或者毫无表情地拦下一辆出租车
我都不打紧

甚至她一溜烟走了
余香袅袅
也不打紧

我只是一块石头
一块绿松石般的
比较艳丽的石头
而已

图像

所有人
常会迷恋自己的图像
在镜中,那是细致的女人
从浴室
那是性感、真实、无法复制的
黎明

所有人都会理解在黄沙漫天中的欲望
所有人也会惊叹
鬼神与自己的距离忽远忽近
在自己与自己的距离中
有些人太过腼腆
有些人的思考如弯曲的枯枝
缺乏暧昧的方向

甚至在醒来睡去之间
总是迷恋一朵花的影子
所以，我给予敲击的姿态
激烈的，犹如我抚摸的手势
道理很简单：
不要你们迷失于别人的魅惑
而暗自窃喜自己体内永久的荒原

影子

如果,你发现了我的孤独

这个夜晚就会开出千朵万朵的花

如果,你发现了孤独体内的眼睛

这个夜晚就会泪流成双

再如果,你那太阳般的目光

把我照成踽踽独行的影子

那么,我

会扬起黑暗底下的头颅

向着你

呆若木鸡

这是一个谜面一般的夜晚

只有温暖可以解开纠缠不清的绳索。从手腕

开始解,露出一点点火焰

从手臂开始延伸,忽显花明柳暗
从后背接着解,佛门广阔啊
而当前胸释放的那一瞬间
饥饿、焦渴和颤抖倒成了我
独立生长的忘忧草

这时,草的影子已留存了我几缕的虚烟
太阳的侧光柔和、弯曲着
若金丝穿行在影子里、虚烟里
反反复复,直到晕眩
而我的晕眩
却被一床皱褶的床单
灌满了不曾定时的闪电

而表面上,影子很近,影子很静

只是在意象的生命中

不爱也不死

(我,永远也猜不透)

太阳

太阳就是太过阳光的意思
所以留下了很多阴影
有圆,有扁,有方,有长
当然更多的
留在人的心里
随着它的拥有者
长短圆扁,阴晴圆缺
永远不会凋谢

在异乡

在异乡,倦怠的歌厅,手
把握着柔软
一颗颤抖的心像出水芙蓉

它潮湿
不因为此时的天气和激扬的乐曲

在黑里,心黑着
或许,此刻有更大的风
但柔软靠在我的臂弯里
被我占有,融化

现在,必须培养一个更大的词
或者乐符

像落寞的英雄，像家
更柔软地躺进我的心里

兰花

这棵兰花呆在青瓷盆里
延伸它的叶片
特别舒展
——这是我的感觉
我还感觉它想飞
似乎青瓷的情调留不住它

回声

每天走在回声里
很少能走出新的声音

某一天,群山之中绝壁之间
传回来我十多年前的声响
这很像秋天
落叶离开了生它养它的地方
被风吹起来
然后打转,打转,打转
疲惫了,还是打转
只不过每一个动作
都不同

这样十多年之后

声音的发源地早已物是人非
那个回声也只是悄悄刮过这个地方
给我留下很多的回想

那样的光让耳根发凉

我坐着
一道光从左侧透过来
光的外面
有风,有雨,有雪

我蜗居在这道光里
左侧的耳根渐渐发凉

—— 一个年轻的生命,今天凌晨
从二十层的高度飘了下来
像雪花一样
没有打扰任何人的睡梦

同时,一个怕冷的人

从四层毫不犹豫地跳下来
她落地很重,惊扰了所有人的睡梦

于是,今天的雪变得很重
像要承载两个人的重量而重新飘飞

光照在这些雪花上,凉
从左耳根传到了右耳

今年初春的脾气

今年初春的脾气
随随便便热,随随便便冷
阳光和雪花
会在一个时辰里诞生

大街上也是
衬衣走在雪地里
二十多度的空气中飘满雪花

我突然想到了远方的蓝莲花
它娇小的身子
在庞大的乌云聚过来时
还是挺立着
那点安静的凝露似曾相识

喘息

在黑极其茂密的夜晚
所有的声音都挤不进来
除了喘息

它起源于心底清澈的小溪
还有花草、灌木
它们平和的神经在一两点微光下
似乎有些许的生长

延伸带着喘息
触摸的潮湿带着喘息
柔软的心和躯体带着喘息
还有黑和黑中的喘息

不该是所有的喘息都为人所知

也不该所有的喘息都为人不知

而在这两者之间

喘息是忽明忽暗的水温

甚至搞不清

喘息是否真的就在耳边存在

巷

在这里,所有的风
都被折成巷的模样
九曲十八弯
而风声还是风的内心
长长的拖音不绝于耳

小时候,我就会在这个时刻闭上眼睛
去摸。就像他正从这里走过
带着一种叫亲情的足音

现在,巷没了
足音打上了封条
我每每驻足在这里
还是有风从身边经过。长长的

九曲

十八弯

窗内窗外

当临街的那扇小窗
不再有雨声响起的时候
我突然失眠
——连绵的雨声不绝于耳

而且，越来越稠密
越来越稠密，越来越稠密
还有回响
还有旧时打落的优雅
在泥泞的庭院里挣扎

我不知道是不是还在想原先的一些事儿
或者具体到那双孱弱的肩膀
只知道

流水兀自流的时候
落花安静落的时候
我瞬间老了下去
还咳嗽了一声

而她，噼噼啪啪下起雨来
就像现在这个样子

游戏

游戏往往带有很多的细节
比如一只一直寻觅的七星瓢虫
突然在树梢展开了翅膀

我紧张,焦虑,害怕
甚至跺脚
但它好像毫不顾及我的感受
它要起飞,马上要飞走了
我在心里跪下来
祈求给我一点怜悯
看在日夜寻觅的份上
停留一会儿。只要一会儿
让我还牙牙学语的儿子
细细数数
它镶嵌了七颗星光的花瓣

离别

手中的花草不断战栗身子
它们想喊出声来
但是不可能了
所以死命摇晃着身子
把身子挨近另一些身子

而此刻,那个要离别的身子
也在我的胸前
战栗不已

时光的等待

光环好像就这样笼罩着
一点一点
转过去,转过去,转过去

两粒灰尘,也沿着光环的边沿
转过来,转过来,转过来

循环的体液
逃啊,逃啊,逃啊,没有终点

而内心的眷恋啊
低于时光的屋檐
——今夜无风,适合呢喃

远方

必须爬过这山
许多人和我一起爬
山一定是不会长高的
而我们越爬越高
越爬越高

山还是那样一动不动
我们还是那样从山的腰间向上
仰望
山通向了蓝天
山通向了一只飞翔的鸟

我们继续爬着
望着。心里老想着:
远方,或许不久就能到达了吧

爱

把同学的那一段放进毕业的相册
然后,用纤细的笔写上
"爱你,前排第三个"

然后,我们各奔东西了
然后,我们各自用方圆三公里的范围
爱着
不管刮风下雨,不管皓月星辰
更不管有时的音息全无
我们只知道土地是相连的,空气是相通的
天涯也是可及的。爱
让每一粒灰尘
每一个嫩嫩的草尖都普及到了情感

由此，在某日，我们爱到了一起
然后
在日升日落，一日三餐中
爱着
我想，到了掘地三尺
到了变成方盒，我们
还是不会停息

风吹着时间

我站在空地上
风吹着时间在落叶周围打转
风也吹着尚未落地的树叶从我的眼前飘过
风还吹着已经飘过的落叶的影子

我就这样站在时间之上
害怕现有的时间也这样飘走
就像未出世的孩子
蜗居在风里

风带着时间慢慢飘着
时间风化的痕迹越来越明显
我虽然小心翼翼,像瓷器一般
但很快!一道锐利的风

融化了我的身躯。留下的
只是我一个落叶般飘忽不定的影子

独斟

已经咽下这口烧喉的情缘,酒肆与竹榻上
挥之不去的余晖
已经铭记这会飞的纸页
和你碗里的音容
今夜,这院,这独月
伴我缓缓独斟

槐树留下了清瘦的影子
叶片已经飞尽
这微茫悄悄掀起我心头微小的浪
一起一灭

我忍住飞翔的欲望
斟一杯又洒一杯

唯独不散的酒气像灯笼
照耀我一尺的方圆
和特意安放的一粒尘埃

夜景多美。我把酒问月
却不见一缕寒烟
夹着稀疏的光
扑向充满雾霭的远方

空手道

空手道，不适合行云流水
不适合凌波微步
但时常能击中我的要害

我的要害显现木质的特性
却没有固定形状
有时像水，波澜不惊
有时像心，义愤填膺
而更多的时候，像骗子
灯光一照，怯生生地溜进一个角落
睁着不安的眼睛

这个时候，空手道的威力
就一圈圈渗进我的木纹

墨点

纸上看到的女人

你是我纸上看到的线条
我把你安放在徜徉的街道上
你向一个垃圾筒走去

你捡起一个空水瓶,对着阳光
笑笑地看
阳光透过空水瓶落在了脸上
像刻上去的一样

你走向了下一个目标
身上的空瓶们撞击出空旷的声响
鬓上的银丝染着光华
一根一根地跳

我迎着你投射过来的光华

目送你

与阳光融为一体

想你躺着的时候

想你躺着的时候
你一定是一盘水果
蜜蜜的甜,溢水的酸,可口的辣。都有
都会穿行在我的身体里
一点点发酵

我想我可能会融化这些虚无的想法
也可能
被它融化

反正我毫不抵抗
所有的感觉
举手投降

土地

那些类似于根系的缠绵物
在梦境中生成,并迅速抵住我的胃
让我疼痛、作呕甚至憋气

这只是局部的感受
更大的痛楚却来自于眼前的事物:
一棵怀抱般粗的歪脖子树横卧在地
一群不存在的鸟儿傍靠死亡,活着
起飞、降落;起飞、降落……

像一些会飞的动词
土地中拔地而起的动词,却
永久地被无形的锁链拉扯着
起飞、降落;起飞、降落……

这是些微风中抖动的针刺
有喉咙卡壳的声音
由此,我轻易跪下了
怀着紧张和忧伤
在心情启动的那一霎那
献出我敬畏的眼泪

背影

长长的，瘦瘦的
趴在那块地上
一动不动
坚决得就像守护自己的爱人

这个动作一直悄悄进行
没打搅别人
只是，被我
在一瞬之间留在了眼睛里

儿子的歌

在同一个时刻睡下了
一个浙北,一个浙东
都睡不着
父亲在想儿子唱的歌
儿子在想唱给父亲的歌

这首歌
在最最激情最最高潮的时候
戛然而止
父亲在泪奔
而儿子也说
他是哽咽了

心中的天堂

心脏的豁口有一片山丘
山丘的脚底是一条弯曲的小道
秋风已经带走鸟鸣和落叶

这里静默
很多人在这里消失
像遁形的鸟儿飞进了山丘

这里天空很低
一只蝴蝶刚刚翻飞就抵达了天堂
这里适合疗伤,可以
把人世间反反复复的伤一次诊疗

所以我爱它

所有人爱它
即便有偶尔的阴风侵掠
这里也是阳光普照
三界和睦

小桥

一个雾霾的天
坐到那个小石桥上
看清亮的绿水,长脚的蚊虫
从桥洞里慢慢滑过

这个时候
适合回到过去。黎明,曙光初现
光从桥洞的那头透过来
和一个头戴斗笠的女子
空气中带着清甜和花布衫的清香

还有大雪天
没有人认识我,一个人
看着天越来越朦胧,桥慢慢变白

慢慢
只剩我,一个黑点
停留在桥头

现在,雾霾也那么朦胧
只不过,那时的雪没那么灰暗
天没那么晦涩
流水没那么多异味
我的动作
倒还是原来的模样

日全食

——在黑色的白昼中停止思想

在黑色的白昼中停止思想
衣衫褴褛或西装革履
都不重要。只要运河的水
还在萌生黑色的叶片
或者眼睛,或者
手握着手,或者让安眠
破碎成调皮的孩子

整个自然的过程
所有的人都瞬间丢失了身体
似乎脱离这个世界
潜伏,在黑里
黑色的尘埃竟是如此的慈祥

而忘却的呼吸更如陈酿的醋

还有劳作,还有悲痛,还有仆从
还有生息,还有快活,还有首领
还有邪恶与正义,都被白昼的变迁淹没

所有人仰着头,望着灵魂
发呆——
仅短短的几秒钟

我,被种植在旷野上

我,被种植在旷野上
宽阔的蓝和空气
都是我的所爱

还有头顶那张完全伸展
带点古铜味道的叶片
不断
传递我太阳般的脉搏和温度
或者,紧盯着咆哮的闪电
把撕裂的天空
一片片收集起来,藏到
我浅薄的内心

我的心由此变得深邃、痛苦和焦虑

有时，间隙地短路出火花
那声响，如不谙音律的部落乐手
用原始穿过我们心脏的软弱

我可能就此理解了天籁的情绪
理解了宽阔和孤独的美丽
正如我现在独舞于旷野
即便只是小小的黑点

今天，一根木屑刺进了她的手指

今天，一根木屑刺进了她的手指
她不愿取出

她说她的体内终于有了木材
可以生火取暖

"少吗？"我问
"少也温暖"
所以，当这根细小得不能再细小的木屑
刺进她纤细的手指，并且很深的时候
她一直快乐地笑

温暖

喜欢温暖就会喜欢太阳,喜欢
把阳光定格下来
让无数的芒扎在孤独上
以及细小的脚步

这只需要一丁点的时间。此刻
女人可以在戈壁捡拾记忆的卵石
男人可以疯些
就像四处乱窜的大漠风向

日子也像风向一样
一只流浪鸟在风沙中窒息了
没有声响
(不知有没有遗憾)

只有两只睁大的眼睛
还盯着阳光的方向

阳光白花花的,可以
让一个人软软地卸开来,给予温度
如果再来一个太阳
温暖便会成倍地上升,孤独
被阳光吞没。留下轻盈的人儿
就是我

看见之后

一阵风吹着另一阵风
一张叶片跟着另一张叶片
向前跑
我在这风与风之间
叶片与叶片之间,散落

我不是花瓣
散落的也不是花瓣
我只是感觉熟悉这风
而且也有花瓣般的心绪
所以,愿意把自己
散落开来

美人靠

美人靠的光泽被蜿蜒的小河映衬着
幽闭的紫檀像江南生锈的气息
一根根都有凝固的韵脚

一个妄图休养生息的前朝遗者
慢慢挨近
精雕细琢的动作就是一场戏文:
拂尘;抚摸;落座;靠背;托腮。
那玉质般的姿态恰如契入了整个紫檀底座

小河的光泛着新鲜的脸庞
残雪的空气更加靓艳
他惬意着
似乎整个江南
都已经泛在了他的脸上

树

我看到了一棵树,雌性的
然后是她的消瘦,她脸上的
秋光

风,一浪一浪地过来
整个秋天一个劲地吹进她的身子
五谷和草药
在留下了丁点气味之后
也消失了

她觉得寂寞
浑身颤抖
嘴唇微隙的样子
像极了那些易碎的陶片

风继续像钝刀一样刮着,割着
那清脆的断裂声延长了刀锯般的恐惧
她一点点散落
大半截身子露在了外面
那个瘦肩,那点苍白和残留的粉红
拼命晃动

陶真的破碎了?
那个长发披肩腰缠兽皮的我
站在一座黑屋前
慢慢看着她更加消瘦
无力搭救——

重量

漂浮的尘埃降落
豆大的文火开始燃烧

这是个隐秘的时刻
一盏灯却暴露了我拇指的旧伤
往事被拉回来做了铺垫
它走走停停,平平仄仄

时间在思绪上走动
路过我的胳膊,我的胸口,以及
我身躯的所有部位
就像这种静谧穿行在我的体内
我只是一个哑口的词语
不可能在此作出任何的表达

而很多时候,我
只是蹑手蹑脚握着我的拇指
犹如握着一段尘封的往事
气都喘不上来

雪花

有一种白叫晨曦时分的清爽
有一种白叫依赖晚秋的落花
有一种白叫山顶羁绊而过的风霜

还有一种
叫做世事难料的江湖。它们
都不是清词丽句
它们，都像那个踮脚偷窥的青年
随你飘拂而去的裙衫
走远了，消失了

岁月多得是难以预料的惆怅
而我怀里琐碎的心事
谁能与之相守

我还是伫立那个山顶
山还是那座山
开不完的雪花还是那么盛大
偶尔的两三朵，停在我的眉睫上
好久不曾融化

水声

此刻,水声是要逃逸的
避开树隙间泄露的光芒
避开微笑和微风
跑到心里,微微发烫

不必,等待一个关于人类的缘分
不必,脱掉春天的希冀
内心的长亭晚歌,或许
就轻轻地来了
来了。我暗叫着
这一声,就足以抵住
我沉沉浮浮的心扉

黑色的时刻

当黑夜越睡越清醒的时候
我就是唯一的睁眼者

熟睡的声音此起彼伏
心底的光亮成为主宰
接下来——
黑色的蝴蝶从窗口跳起
就像想象中的梦幻女人

她不是凋零的花朵
她也不风花雪月
她平静着,从胸口
捻出黯哑情愁

她也不是一只鸟
一只富贵的鸟
栖息在黑色的时间里
还是平静,用眼睛
发射出热烈的光线

她黑色,但感恩
她虚无,但活在我的梦幻里
一点一点,深深刻刻
绝不浪费这适合隐秘的时间

遇见一尊大佛在看着我

在须弥座的边缘
风是带响的
犹如一个影子不断摇晃

他晃得巨大,巨大到我的穷极之内
只有这个影子
忽明忽暗

他又像印度一样遥远
他的静
让我远离,又解脱不了
他像针尖的眼睛
看我深刻在这个时刻
或许就一点点
引导我解悟不远的归宿

土豆

黄昏正在降临
哀伤的土豆正在沉睡
而我身边
一些从土豆浅浅的凹蒂中泄漏的慢
正在蔓延

这是个无序的冬季
风随时会被冻得掉下来
土豆体内的水僵硬
想念的温暖已被现实挂在了树梢

此刻,我的情绪和土豆一样
枯萎的花瓣一闪而过
猥琐中的爱情已不像雀斑那么耀眼
只有哽咽的嗓音潦草咳了几声

之后,像老年苹果一样的土豆
迅速影响了我的睡眠

我也开始降临
和黄昏一般
一点点暗下去,暗下去
土豆的凹蒂
迅速漆黑

火焰

火焰!
赤红,海蓝
皮肉焦糊

用生命一点点耗到终结
火焰就是灰烬
像是比消失更空旷的消失

这时,极其安静
在火焰围裹的光里
一直走向广袤的星空

身体会发出光
还有周围先期抵达,发着金色光晕的

亲人

微笑在欢迎的氛围里忽远忽近

我仔细听着所有的喘息

似乎

每一次都比火焰多出了加速后的力量

恨也是一种爱

其实恨也是一种爱
它们特点相似
比如清醒时的刻骨铭心
比如思恋时的心旌摇曳
比如浑沌时的彻夜难眠
比如,在最恨时把恨一点点弄短
揉碎,射进血液不断轮回
比如,一点点分解爱
举一手,投一足,微一笑
把无所事事的血液煸得特别放晴

再比如,同时截取一丁点的恨与爱
置于青花瓷的釉面上
我只知道

那便是暧昧的种子
正纷乱地盛开它
每一寸肌肤般的光泽

桃花

桃花历来不是空洞的
它像扔进春天的一颗散弹
兀自开放了那么多逼真的色彩

该如何面对这个让人心悸的事件
它在阳光下熠熠发光
更准确地说是在发射它的艳
这不需要暗示
从纷乱走动的脚步中
足以辨别出桃花的味道
这也不需要你懂得它们的语言
看一眼桃花
你便感到,它
在一遍一遍叫唤你的名字

你感到桃花在瞬间接近你的呼吸
一只柔若无骨的兽
在接近你
在卸掉你的伪装
卸掉你的彷徨
然后,从骨子里
盛开一朵和它一模一样的花
(或许一生也不过如此)

我的泪

阳光下,我忍住了最后一滴泪
在太阳和月亮恒久挂在天空之时
最后的两粒麦子
停止了呼吸
大地的绿,销声匿迹

这时,让我想念绿
哪怕是麦芒间丁点的色彩
也是生动的
犹如春风中经常飘动的细腰
让人充满滋润

如果可能,在这个时候这个地点
落下我最后的一滴泪

虽然少

但或许也能

生长一点生命的希望

兽性

原来兽的习性

也可以被人抱在怀里

而且温暖

犹如被网状的空气蒙蔽了鼻息

——满世界的揣摩

有节奏地撞击原始的门环

这一刻,天不会黯淡

兽盘踞在屋顶

前蹄一次次试探月色

一件黑白相间的往事

被月光带进了窗棂

夜很远了,影子就在眼前

慢慢上升

兽感到有些激动

却把一朵柔软的火

藏于胸臆中

阳光(一)

特别惊讶某个春日
阳光一层一层地落下来
山城于金色中开得如此鲜艳

有人怀抱着一个容器
静静呆在树荫下
她是绿色的一部分,阴暗的一部分
诸事都在阳光深处
悄然黯淡

她像是一位掌握秘咒的圣女
闭着眼,浸润的身体随风摇晃
那重复的动作,就像
她的容器储满了

经久不散的阳光

所以,她静谧,摇晃
不让直白的阳光照到她的躯壳

阳光（二）

不要把阳光看得那样高傲

它落在所有物体的肌肤上

那么的轻盈和小心

就像融化了的金色

干净而简单地交付了所有的身子

是的，身子

许多树木、花草、房屋和山峦的身子

都是站立着的

而阳光永远躺着

那样谦卑的姿态

难道还会让我们感到高傲吗

它也有心和心事

但它不会把自己和心事凌驾于一切之上
它只会轻轻地挨近
然后,把心事
悄悄传递到我们深藏的善之中
或许这就是阳光的温暖

午后

倒在躺椅上重复睡眠
是一个慵懒的过程
慵懒到不注意窗外的阳光
一次次涂抹昨晚黝黑的道路

那些缓慢的时光是不忍离去的
体内几近杂乱的青草渐渐干瘦
两个背影在屋门之外
相互擦拭对方的黑夜

现在,阳光挂满了天空
而我的体内
寄居着昨晚
一个疼痛的巢

黄昏

每一年春天的黄昏都是馥郁的
山茶花开了,油菜花开了,玫瑰花开了……
各种各样的花香都有着液态的口吻

在这花香之间
一畦绿色的田埂是安静的
它肌肤上嫩嫩的小草也是安静的
偶尔,一两声咯吱咯吱的足音
惊动了几只略略飞起的小鸟
母亲的眼神便也随着飞扬起来
这时,眼神中的馥郁是有红色内涵的
犹如晨曦的朦胧中
耳畔总有许多生动的情节
正在陆陆续续地展开

身体里的树

在我身体的中心部位
虚弱的胃的上方
有一棵枝繁叶茂的树
根茎细小
却蜿蜒在更加窄小的肠道

树杈上也有忽上忽下的小鸟
在扇动翅膀。但悄无生息
它们尖锐的嗓门和善于流动的情感
静默于胸臆之中

它们知道这棵唯一生长在身体里的树
是孤独的,倔强的
在每年春天也会开出千朵万朵的花

但是,阳光似乎照不到这些
所有的花都是心境的衍生
所有的想象只会滋长灰暗的年轮

所以,小鸟就这样陪伴着树
忍耐着歌唱和饥渴
即便这样,它们也会感到万般的幸福

屋

一座小屋就是一个符号
在丛林与丛林,雾霭与雾霭之间
的空地上
安静得就剩一些简洁的线条

它有它的舌头,牙齿,还有
鼻子和肠胃
其实这些并不很重要,重要的是
它原本那双空洞的眼睛里
总是充满了蜂鸟和面包

或许它渴望富有
或许它渴望蓝天和流星
或许它的眼睛盯着那条从丛林中

一直延伸出来的狭小的路
只不过想等待一阵风
或者一匹马
从那里出现
哪怕闪一个影子
也会让它
——这个符号变得复杂起来

矿井

哐当哐当的采矿车在行进
我知道这是另一个世界
和父母、妻儿一起

我是很认真地对待这第一次
的地下生活
想想早已在这地下生活的亲人
不免感觉:
井道有点幽暗
灯光有点幽暗
美丽也有点幽暗
更没有可以向远方伸长脖子的阳台
那么,我的亲人
是如何登高瞭望我们的呢?

因为，每当我站在高高的逍遥阁上
看日落的时候
我总会感觉
你们正在一个辉煌的宫殿里
沏茶、喝酒、聊天
和想我们

村落

村落的安宁
从馥郁的油菜花香中飘出来
村落的祠堂泛着古朴的斑驳
还有村落的故事
是我们眼神的方向

在土墙围垒的庭院
人们晒谷、吃饭、纳凉、嬉闹
以及出生、长大、老去
似乎村落只有时间的存在

而从村落走出去的人
时间却是停止的
他们起床、吃饭、工作、睡觉

然后起床、吃饭、工作、睡觉
没有日子的记忆
在那里，时间只是一只黑鸟
永远盘旋头顶
只有在夜里
彩色的梦到来的时候
村落才会展现一点断断续续的安宁

歪脖子树

这棵树是一只硕大的鸟
伸展的羽翅
背负着整个的天空

它年纪大了
爷爷也没看到它的栽种
但每年,鲜艳地开花,鲜艳地落花
静默得就像走过季节的一张张书签
冷不防就更迭了村落的冷暖

有一年,天特别蓝
一个身影被迫挂在了歪脖子上
晃来晃去,晃来晃去
这时,羊停止了咀嚼

狗停止了吠叫
很多人则围着歪脖子树
为这枚鲜艳的落叶叹息

后来，树更歪了
也从此不再鲜艳地开花
鲜艳地落

墨迹

中年之前的碎片

看到一只瓷碗,冰裂纹的二月
突然想到了
一个躲在角落慢慢开裂的我

江南之地,绿和霉菌同时发酵
泥土,就是一把悸动的情爱
江南已被轻轻的落叶狠狠砸伤

青涩的历史消失了
我,一个后继者
一番呓语就到了中年
回头的一瞬间,脚印全碎了

瓷也是这样碎的

年关将至的忧伤更甚于满月的易破
还有
繁华不在的中年江南
留在了我的体内,终成舍利

光阴

光阴一把一把从指缝中漏掉
就像在漏掉我的躯体。那几十年
我痛恨自己

我咬破手指,豆大的血
只不过是盛开在疲态品性上的一朵小花
我把手叠在一起,光穿不过去
但我看见我的掌心
那些光阴还是像麻雀一样飞走了
最后是贴着地面飞的

我开始怀疑血液里流动的物质
淡如水,或空如气
看不清身边所有的眼睛

……我一直深陷于此,百感交集
光阴就更加肆无忌惮地离我而去

我是鱼

我被那么多的危险追赶
天敌、污水、人类
我穷尽了所有的技能
逃离水域

我筋疲力尽,千疮百孔
我的恨在水里
我的爱在水里
我的回忆,也在接近凌迟的那一刻
脱离了我的记忆

我不会再有刀下的痛楚
不会再有毒药一般的水簇拥在周围
不会再有惶惶不可终日

我只做一尾脱离水域的鱼
在不习惯的环境
守望幸福,渴望未来

大地是最干净的

唯有这样一枚子宫
诞生万物

她在寒露降临的时刻阵痛
她在春风荡漾的时刻阵痛
她在白鹭起飞的时刻阵痛
她还在啼哭最初发生的时刻阵痛

她让所有的声音站在她的身上
打盹、劳作或者念想
或者来杯纯生的酒,吹吹泡沫

她不与任何事物对视,她只用诞生的花
她不与任何事物交谈,她只用鸟鸣

当然，她偶尔也会侧一下身子
那个时候你会看到
纯净的水，碧绿的叶片，流动的梦
那便是她
一尘不染的身躯

如今的江南雨不再润滑

在逃遁、尖叫、胆怯之后
雨迎着我们的头颅
倾巢而下

它欢快的叫声
由于发泄久远的压抑而特别的大
还有无数滚动的小车轮
不停地碾,不停地碾
活像充斥火焰的恨

这可是我渴望的夏天啊,如今
像一枚枚刀片
切割江南的润滑
这是一颗被乖乖切割的雨滴

里面的江南熄灭了
我沉默在你的刀片里,发现血
发现,在灯盏的位置
有一种虚无的物质
总是笑,总是笑,并且
没有肉身

一个人的春节

一个人的春节,就会多想
想故乡的山水,故乡的老母
想故乡的腊肉和烈酒
想想炕头和特别暖和的阳光
有时想得更细
比如七岁的娃
带着诡秘,塞给我一张纸条
上面写着
我一直看不懂的文字

爱上

奇怪的是
爱上竟然那么短暂
就是一张小小的叶片
搅动了我体内起伏的山丘

它是一条小河,哦不,是一畦小小的水田
却是我最美丽的风景
它让我收割了五月的麦子
七月的丰收

它还让我,爱上了所有的
炊烟,百合
鸟鸣,月光
还有

我对着祖辈磕了三次头

老人说：我那个笑容很傻很傻

嘴角的叶片

上下抖动的样子，却显得特别开心

爱人

为什么叫爱人
难道就是因为我偷走了你的
樱桃和苹果
偷走了你的辣椒和桑葚

还是我从风的背影里
抱住了你的玫瑰
让你惊呼之后
感觉到了世界的柔软世界的甜

你的红,灿烂中带粉
又粉中带亮
我很想用一个词汇描述你
可这个词,无论如何
都想不出来

想象的春天

想象的春天

应该有蓝色的额头无限的绿

它们的马匹,应该

就是踏青的风

在这样的想象里顿一下足,应该

就是春雷

从山坡上滚过

从大海上掠过

从女人殷勤的视野中划过

之后,它们就是流畅的线条了。在直立的画框里

手指静止。若干种意念

从里面缓缓涌流出来

沉浸

夜幕即将降临
情感即将返回
庭院的树依傍着幽闭的黄昏
落日的肺叶充满了蓬乱的树杈

此刻,疲惫,沉寂
家乡时远时近。微弱的器官
停留在窄小的额前
聆听和抚慰异常娴静

背景中,一盏孤立的灯兀自亮了
熏出的艾草味
打破了拥挤而凝滞的场景
在海绵般的耳垂上摇晃

我的情感活过来了
馥郁的肉体开始伸展
心底厚重的光泽滴落在了庭院
树的线条开始显得流畅而恰当
那些刚刚被黑色覆盖的绿
也从庭院走向了更远的江南

消失

消失，不等于死亡
消失，不等于安静，或者繁杂
消失，就是
把成片成片的花聚拢在天空下
覆盖了泥土

泥土下的种子，不等于消失
泥土下的嫩芽，也不等于消失
一张张贪婪的嘴在泥土下
更不可能消失
只有轻微绽开的口在泥土下
微笑才可以如此安静

有时，我打开一本木质的书

认出这就是嫩芽变成根茎,变成树苗
变成大树,然后变成的
有着许许多多快乐与悲伤文字的书
我突然感到消失是一场彻头彻尾的雨
无论云朵、祷告甚至神奇
都无法将它停止

月亮停止

说到月亮停止,我
也是停止的

月亮曾经过厨房
所以它有厨房的味道

犹如我至爱的一个女人
从不上灶,却
给我甜美的感觉

现在,月亮也这样
静静地挂在那里
似乎就是我家
一件生生息息的什物

一生

我注视着一个人的出生
天空晴朗,万里无云
一座小屋升起了炊烟

多好的山林水田
一个人似流水来到这个村庄
特别渺小,犹如空气中隐约的香味

他走动起来,给了世界唯一的影子
他弓着腰,深埋在麦穗里
若有若无,实实在在

他生育了好多他的影子
小屋不断炊烟

脚步日渐稠密

天空还是那个天空
山水还是那点山水
小屋变成了大屋
过堂的风渐渐暮年

他拖着影子又一次走向麦穗
他,越来越接近厚土
弯腰,再弯腰。终于有一天
弓成了一个不会再有改变的土包

信仰

当明镜和阴影没有距离的光线*

穿透我们思维的时候

生命的朴实

就如同故土是我们的信仰

我们用锋利的十字镐

在你身上种植玉米棒和栀子花

当栀子花开,我们的幸福

就偎依在你的骨骼上

我们是你最忠实的奴仆

我们是朴实信任的物种

我们会在每天清晨焚烧古柯叶,用芳香祈祷

我们会在白天丈量我们的大小

我们长大、健壮

我们会在夜晚拨弄你的指节
你轻微的声响就是灯笼
我们出于本性,将思维打开
此刻的行为没有工具、世俗和色彩
只有对信仰的感觉和天籁的歌
正在希望的器官上奔跑

注:秘鲁诗人塞萨尔·巴列霍有诗句:"啊!几乎使明镜和阴影没有距离的光线"。

逃跑

逃跑是一个词汇
四角方方,没有腿

半夜,它会醒来
是一个动词
在黑里迅速移动

偶尔,掉进一个事先预设的深坑
在伸手不见五指里唉声
叹气

逃是逃不掉了
跑也跑不出去
现在的逃跑

又变成一个名词
在秘密的腹地独自回归
静默下来。或许
它的内心倒是有喋喋不休的台词

干旱

干旱一词离不开水
虽然水已经远离干旱
但是水之外
游牧的牧已经倒下
芦苇的花白更加花白

还有水源
现在四肢瘫痪
直挺挺地露给人看它的骨架
极像月光的白

现在的风就是刮不走月亮
也刮不走热情的太阳
可风还是从人类的胸口使劲吹出来

还要避免风风火火
因为,这个词
现在对干旱是一种忌讳

退路

退路比进路圆滑一点
比如，退路里隐藏着狡诈
它有九头八腿三心
它适合在四通八达的路上行走
又熟识水性
更习惯装上一对翅膀
自由飞翔

当然，退路常常也是灰色的
它的身上长满了整个城市的皮毛
人很难靠近
自然就没什么斑斓可言

想象的长夜

一

从窗外纷乱走动的人流开始
泪便一茬一茬地落下来
落下来
卡在胸口
如冰晶,璀璨而坚硬

这时,我感到脚步被流放了
没有了脚,只能
静静地停留在这
听着冰晶折断的声响,听着
一只挨冻的兔子正浅浅低吟

那是你吗？我的心
也许，现在是无聊的顶峰时刻
没有结局的因果正在盛开

（夜用身躯挡住了所有的反光）

二

是的，反光。在高高的门槛之内
有一种叫做私恋的生活
它也会发光，发热，发生焚烧，发生
会坍塌的愉悦
当然，痛苦也是有的
比如胆怯

已经没有什么
比在胆怯中熟悉心跳的细节更为满足的事了
我蹑手蹑脚
走在细节之上,你带着红晕
走在我的心跳之中
仿佛聆听土地
或者一个迷恋的阴谋

三

或许现在我就是天空了
黑已经无关紧要
它的私密显现着厚重的光泽
而蓬松的泛在你我脸部的光

看不清面孔后面的野兽
你落泪了。

所以说楚楚的女人更是水做的
我感到一种清脆的孤寂正在挪动、开裂
一点点散落下来、散落下来
直至粉身碎骨地留给土地
一道焚烧的痕迹

我顿然有种需要围裹的感觉
情绪打着转,类似泪水,让世界变得多余
我在这小小的空间里发抖、惰性、荒凉
似乎只是两棵小草
只有根会生长在一起

四

这将是个通天的长夜
我运送着充裕的祈祷和祝福
不惊动烛光,不惊动咖啡
我梦见了温暖
——那紧紧偎依的茂密
光线让人害怕,黑夜适合
而你坐在满是炭火的椅子上
状如玫瑰

我轻声说了句:
我们贴着月亮的呼吸
一起静静睡去吧!心儿!

肉体,请记住

肉体,请记住

被爱镌刻了多少掏心的文字

肉体,请记住

美丽的伤口为谁而开裂

肉体,请记住

一朵朵抑制的欲望何时可以盛开

那一小口,一小口的

倾诉,为了谁而屈服

所以啊,肉体

请记住吧

你的肉体已长出新的肉体

甚至复合了我的肉体

而所有为你闪烁的言行

已将你紧紧围裹,让你

没了身影,挣

都挣不开

多年来

我,看风吹风
看雨下雨
看阴柔的山
沿着河流一座座远去

偶尔,看见
故土的村庄上瓦片越长越高
我突然心跳
因为傍晚时分,我
会酝酿出村庄的一小段情节
等待黑夜的蔓延

存在

偏爱那么一种光线:
柔和,单一
能看清所有的存在

不像黑
在围裹和吞噬存在之后
还是剩下虚无

我不由得想在这个时刻窃窃私语
只想说出我的想象
说出
一截扶摇直上的烟缕
是如何让我抱住不放的

我把指尖的忧伤看成想象

格桑花在我的指尖漂移
那隐约的动作恰如我的忧伤
为我寂静的躯体默哀

我并不知道玉树是怎么突然倒下的
碎裂的
更不知道玉树的早晨为何突然狰狞
我只知道就在今天
我感到指尖微微冒出寒气的时候
格萨尔王突然安眠了

所以,你的子民落泪了
你的土地变得亢奋
而更为亢奋的行为来自想象

我，一个为了玉树而哀伤的歌者
还有
向阳花开的每一个早晨

风景

想象的风景在一瞬间老去
征兆,只是一阵并不太大的风
从额头吹乱了青丝

而这,发生在江南
数百里秦淮的流水中
指尖的小月亮,就为了这个细节
花费了所有的想象
可以风起云涌
可以闲逸淡雅。江南的三月烟花啊
此刻,正轻抚窗栏
遥望水做的风景

一个思念的人正深藏于云雨之间

一双水做的翅膀

顷刻俯冲而下

只为了把风景

酝酿成更美的想象

江南的水

江南的水,适合
泛出青苔,泛出忧愁和神秘

比如,它从弯弯的拱桥下走过
波光里携带着江南的影子和绿
水流不大,影子却很多
似乎整个的江南就会这样流淌

还有一页扁舟
悄悄划过江南的水面
简单而迅捷
不带来一点的声响

而忧愁

来自水上生活的楚楚女子
她会静静望着舱外
从檐头滴落的每一颗梅雨
和每一个来回走动的似曾相识的人

云

想改变却无法改变,因为我已深陷其中。

——题记

这是人群中一口一口呼出的词语
聚合而成的云团
它在拥挤的街道上黑压压地漂移
接踵而动

这时的街口没有一丝的风
但它漂移的身形却是那么迅捷
商店来不及关门便被吞噬了
蜜蜂来不及躲避就被遮蔽了
酒吧来不及打烊就变得更加的黑暗
混杂的汗味和女人香

似乎也变得那么的沉寂

"雷雨还没有到来啊!"
我望望天
看看天上的云
这些云也没有丝毫哭泣的迹象
甚至有带金边的花正明亮地开放

我只得低头,注意身边
那些不断呼出词语的人
严肃,活泼,倔强,软弱
喝酒,抽烟,开车,走路
一个个都有共同的方式:
——墨色的词语从鼻腔冒出来

由小变大,渐渐弥散在一起

我感到了前所未有的压抑,深吸一口气
用强劲的气流吹向了云团
然而,我的气流竟也是黑如墨汁的词语

抒情时代

把蓝说成天堂的是抒情
把蓝说成海市蜃楼也是抒情

我们驻扎在春天里
驻扎在花的海洋的时候
我们得承认
后来居上的藤蔓已经越过
我们精心布置的围栏

它的边缘,一些沮丧在后退
一些温度在上升。而藤蔓之花
悄然占据了一本书卷
它似乎大俗大雅,又似乎少不更事
它一张开鲜艳的嘴唇

便已是花团锦簇，风和日丽

所以这个时候
我们不需要再开口说幸福
我们只需要
安静地过完整个的抒情时代

我走出屋外,又想起了那个人

我走出屋外
与一列火车并排行走
当然,火车速度快
我又一次独自地行走起来
像被火车刮起的一枚落叶
在霜雾中缓慢飘动

我已经不再确认什么了
想象火车上正在过来的那个人
已经欺骗了我无数次
或许是我自己一直骗着自己
以为那些昏暗的灯会一瞬间亮起
以为那些白桦树会一下子跳将起来
还以为

一种已锈蚀在风雨中的开凿脑神经的声音
也会在火车停留的那一刻再次响起
其实这已经不可能了
原先的响已经变成了若干年的想
（很慢）
因为那个人
在火车开动的那一刻
变成了一些支离破碎的躯体
（这却出奇的快）

我独自但不孤独地慢慢走着
因为我是想着那个人一起走的

爱安（Aeon）

　　爱安是诺斯替教认为的上帝派来拯救物质世界的使者，她拯救世上的"属灵人"和一部分的"属魂人"，而对"属物质人"不予拯救。

——题记

　　人间的阴影让她气喘吁吁
　　她发辫高束
　　让汗水渗过物质的肌肤

　　她双颊绯红
　　用芦苇标记每一个可用的躯体
　　那些符号
　　就如同天间的灵魂

　　她在水云之间

她在慢火与黑夜的边缘位置
舞动她烟缕般的双腿
她多次变身为金钱和美女
却都在一瞬间消散或坼裂

她没有把肉体和灵魂彻底分隔开来
她只是约见那些灵魂纯净的人
在一个没有固定场景的花园
分发救赎

火中，她高高在上
在天空
在来回奔走与口舌的犀利之间
她把自己的头颅朝下

挂起

真的好似一颗

硕大而慈祥的

太阳

散着暖暖的光芒

白夜

把夜晚当成白昼是那么的困难
夜晚的传统就是黑
要违反常规地让它白起来
还真有点疯人疯语

比如在夜晚打开窗
让白白的月光流淌进来是一种幸福
让忽闪着白光的萤火虫飞将起来
是一种享受
让白覆盖所有的千娇百媚
是一种纯洁

所以，我的白夜是丰富的
它让我在静谧中感受到生命的轻微摇晃

我从每一缕原先代表死亡的黑开始

理解诗歌，理解宗教，理解哲学

理解自然与人文

甚至将时间一分为二

留存它精美的部分，让它存世

让它流传，让它忘记抱怨

在白中，放弃了内心潜伏的叛逆，静静地

犹如虚无一样

毫无规律地另辟蹊径，直到

墓碑一样地守护所有的念想

原罪

原罪来自上苍
与贫瘠富庶无关
与神祇的救赎无关

山在雷电中开裂
于我是一种完美
石头的伤
只是我即将痊愈的炎症

风,从那条裂缝挤过来
没有原先的严肃,有点荒诞
我就是加剧荒诞的人
譬如在灯火通明之处
我手握着一小方块的黑暗

我或许就是这样与世界保持殊途
我不安于平淡但享受平淡
我常常扰乱自我的秩序
像一只蝗虫
疯狂地扑向琼花,却在顷刻间
体现了最初的蛮荒

我没有恐惧是因为不清楚恐惧
我永远只是我
并带有天生的原罪

犹豫

我知道
轻轻地这样踩一下
脚印,就永久留在了远方

所以我非常犹豫
犹豫所有的可能和不可能
犹豫所有的短暂和长远
犹豫所有的沉默和一些有象征意义的征兆

我看见灯光沿着机场跑道深入了黑夜
看见一个绿色的苹果掉进了池塘
看见
一些带有肉感的音节
在红灯笼上晃动

这一切让我装得高贵的形体显得低俗
这一切的骤变毫无准备
这一切的征兆让我犹豫得害怕
这一切，终于在一场风起之后
让我收回了脚
因为我决定
把我的脚印留给故土

童年记

我有比大人眼里大得多的天空
也有更加绚烂的云彩
我有古老到吱吱作响的厢房和
三米见方的风雨
我有可以藏匿身影的厅堂
还有悬梁刺股的书案

我有炊烟直上三千尺的土灶
和眺望银河落九天的花园
我有从小玩到大的赤膊小兄弟
来了又走
来了又走。终于
走出了我的视线
徒留下我失落的眼神

还有，我费九牛二虎之力才能打开的朱漆大门前
叔叔阿姨们走走停停，川流不息
我看着
他们的头发越走越白，人越走越少
孤零零地剩下了我一个
最后，我也走了
就这么走出了我的童年

纸上故乡

纸上的故乡

带着江南的愁雨

落一阵,愁一阵

落一阵,乡愁就泥泞一阵

现在,我试图从纸上的一把铁锄中

寻找汗水

但汗水销声匿迹

我试图

从一顶漏雨的斗笠上寻找汗水

结果是了无踪迹

我试图

从纸上的木门听半点吱呀开启的声息

可是,门

依然紧闭

门前的路依然遥遥无期地通向了远方

我茫然了,试图潸然泪下
但没有。只有
我泥泞的思绪
此刻倾盆大雨

二分之一

生和死
都是活着
活着的世界一分为二
我活在这二分之一里
想着另一个二分之一里的人
另一个二分之一里的人
想着我这个活在二分之一里的人
虽然,这一个世界
不能触摸,不能相拥,不能
席地对坐,一醉方休
但总是恋恋不舍,不离不弃

我甚至还看到过
这二分之一的人为了不离不弃

去了另一个二分之一的世界
于是他的儿女们
开始在这二分之一
想念另一个二分之一里的两个人

某一天,我在这二分之一里
梦见了另一个二分之一
我们互相触摸,互相拥抱,然后
席地对坐,一醉方休
但话只有一句:
你过得好吗?

身体里有过……

身体里有过
那种幻想，年轻的时候像一场细雨
潮湿过后就纷乱而去了

身体里有过
那种寂寞，在实实在在的安静之后
留下了念想

身体里有过
那种悲伤，是美丽之后的悲伤
后来，它不再属于我

身体里有过
那种亢奋，一种分泌了激素的狂热

为我找到了另一半

身体里有过
想爱抚一个人,却一发不可收拾
于是一直爱到了今天

阵雨

要下一阵子雨,真的不难
不需要天空和水滴
有我的心,足够了

因为我的心里
雷电,乌云,一直澎湃
万物离开了我
就不是我的生机了

图书在版编目（CIP）数据

江南的墨记 / 冬箫著 . -- 北京：线装书局，2014.10
ISBN 978-7-5120-1604-0

Ⅰ.①江… Ⅱ.①冬… Ⅲ.①新诗 – 诗集 – 中国 – 当代 Ⅳ.① I227

中国版本图书馆 CIP 数据核字 (2014) 第 265691 号

江南的墨记

作　　者：冬　箫
责任编辑：曹胜利
装帧设计：大卫书装
出版发行：线装書局
　　　　　地　址：北京市西城区鼓楼西大街 41 号（100009）
　　　　　电　话：010-64045283　64041012
　　　　　网　址：www.xzhbc.com
经　　销：新华书店
印　　制：三河市宏顺兴印刷有限公司
开　　本：787mm×1092 mm　1/16
印　　张：12
字　　数：22 千字
版　　次：2014 年 10 月第 1 版第 1 次印刷
印　　数：0001—1000 册
定　　价：39.80 元